¿Dónde están las arañas?

Lada Josefa Kratky

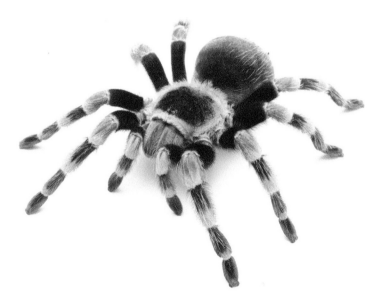

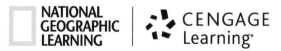

NATIONAL GEOGRAPHIC LEARNING | CENGAGE Learning

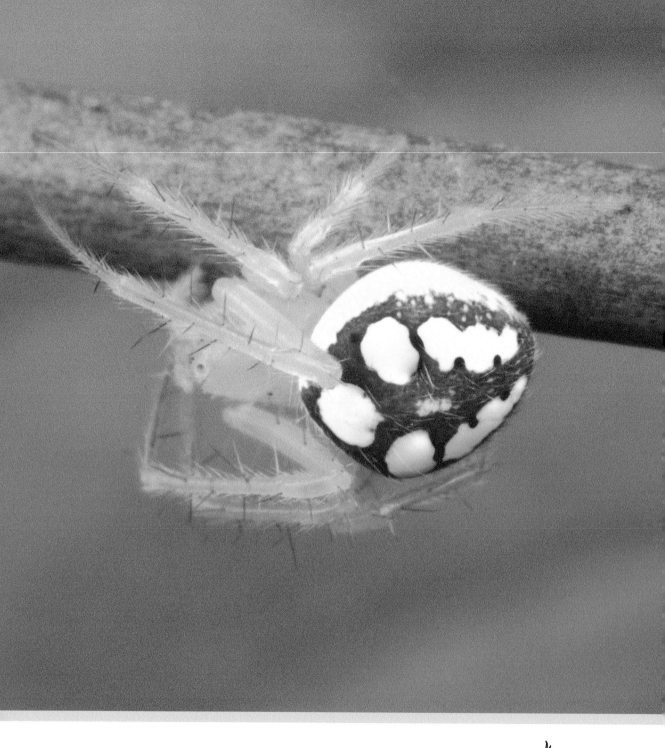

una araña en una

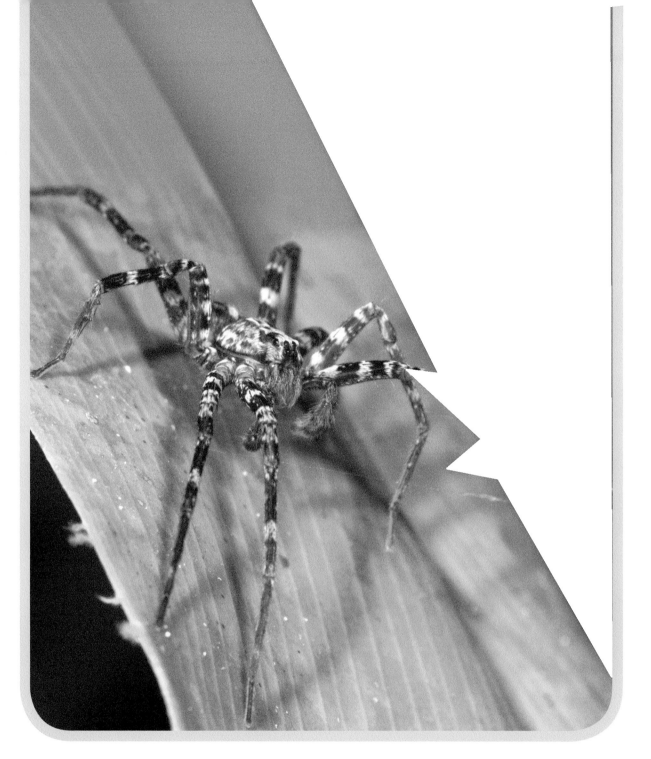

una araña en una

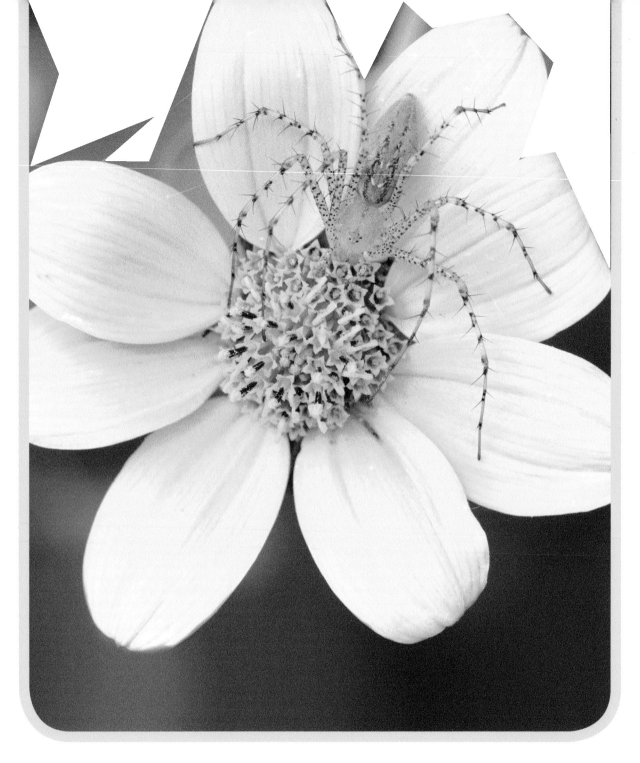

una araña en una

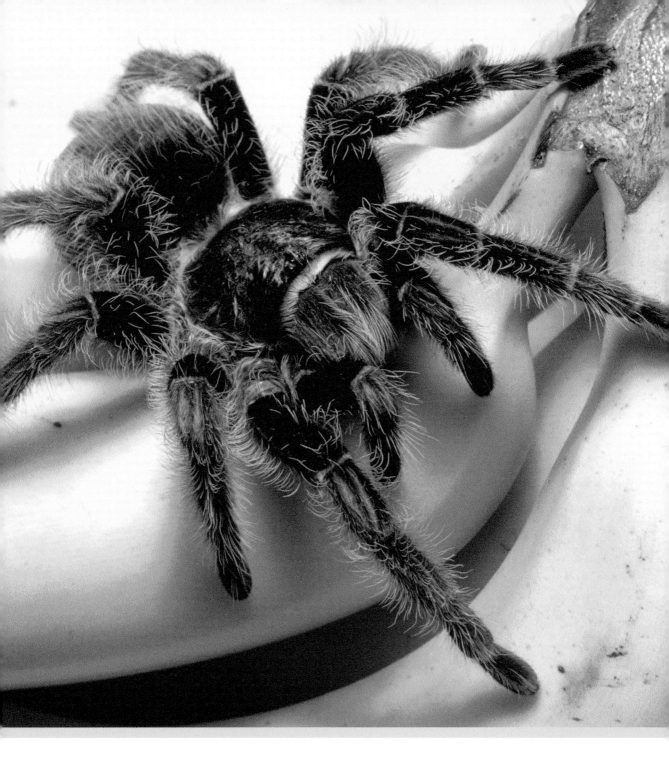

una araña en una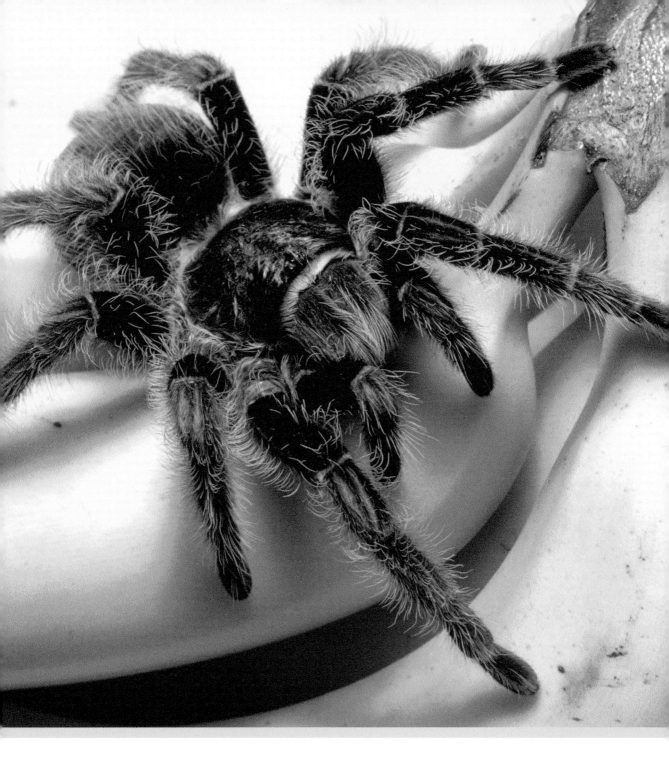

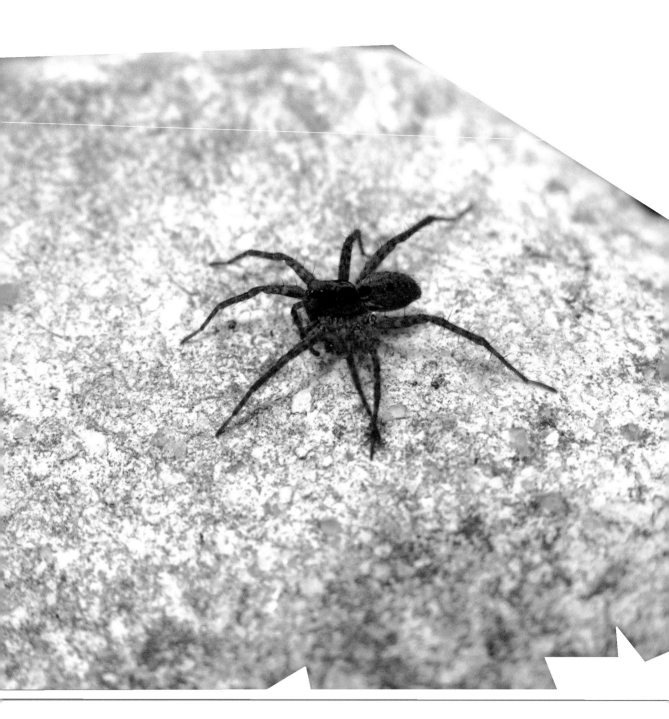

una araña en una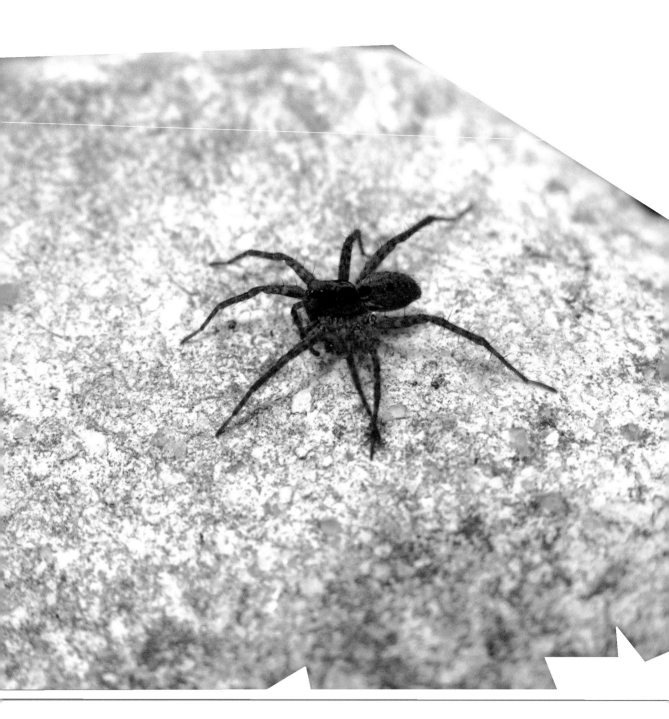

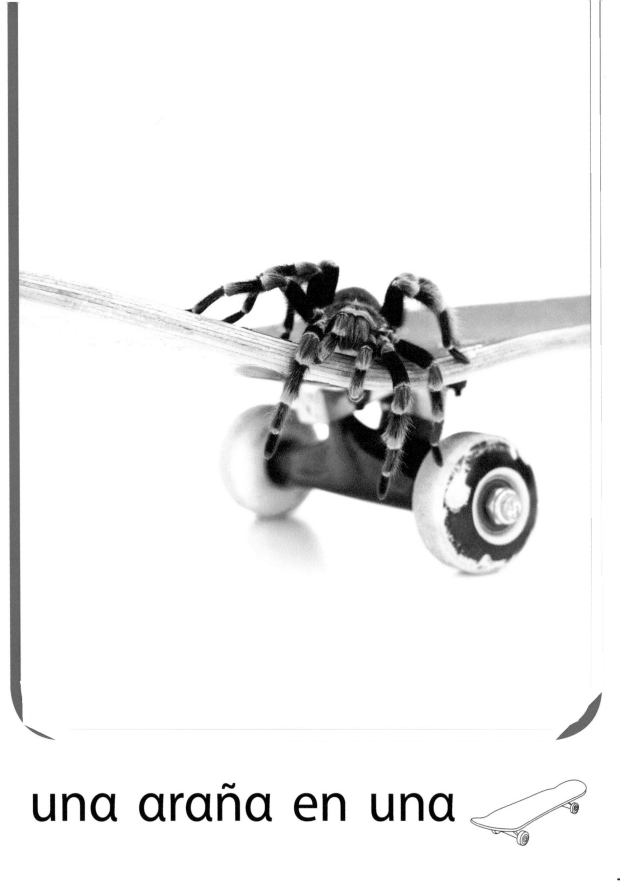

una araña en una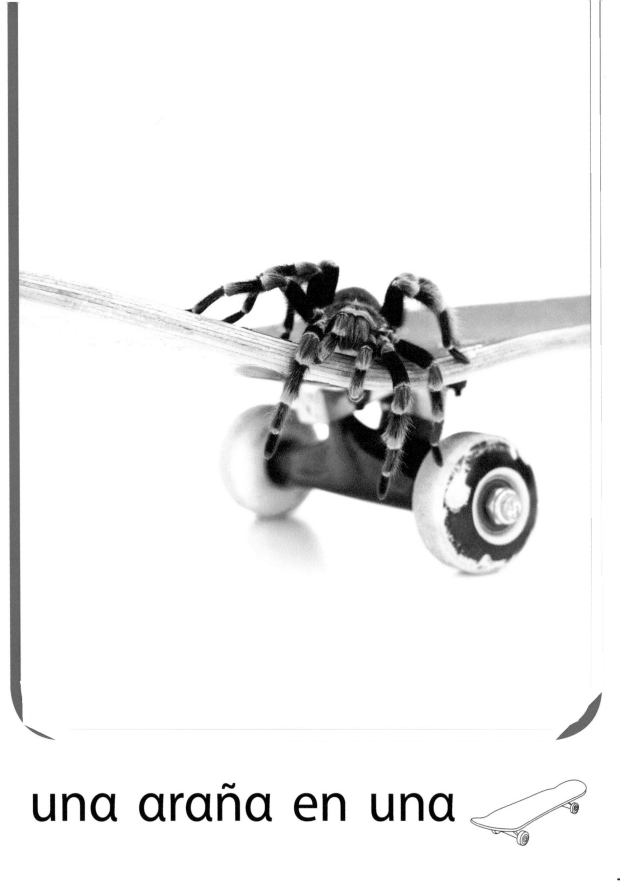

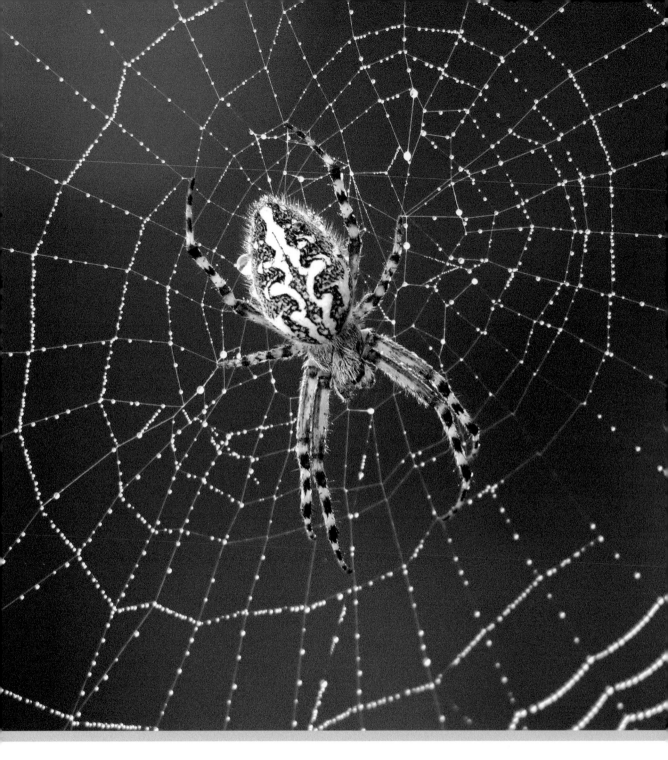

una araña en una